Ingo Siegner

Der kleine Drache Kokosnuss feiert Weihnachten

cbj

Ingo Siegner, 1965 geboren, wuchs in Großburgwedel auf. Schon als Kind erfand er gerne Geschichten. Später brachte er sich das Zeichnen bei. Mit seinen Büchern vom kleinen Drachen Kokosnuss, die in viele Sprachen übersetzt sind, eroberte er auf Anhieb die Herzen der jungen LeserInnen. Ingo Siegner lebt als Autor und Illustrator in Hannover.

Von Ingo Siegner ist als cbj Taschenbuch erschienen:
»Little Dragon Coconut and the Black Knight« (21796)
»Der kleine Drache Kokosnuss – Schulfest auf dem Feuerfelsen (22170)

Als cbj Hardcover sind erschienen:
»Der kleine Drache Kokosnuss« (12683)
»Der kleine Drache Kokosnuss kommt in die Schule« (12716)
»Der kleine Drache Kokosnuss – Hab keine Angst« (12806)
»Der kleine Drache Kokosnuss und der große Zauberer« (12807)
»Der kleine Drache Kokosnuss – Schulfest auf dem Feuerfelsen« (12941)
»Der kleine Drache Kokosnuss und der schwarze Ritter« (12808)
»Der kleine Drache Kokosnuss und die Wetterhexe« (12942)
»Der kleine Drache Kokosnuss reist um die Welt« (13038)
»Der kleine Drache Kokosnuss und die wilden Piraten« (13437)
»Der kleine Drache Kokosnuss im Spukschloss« (13039)
»Der kleine Drache Kokosnuss und der Schatz im Dschungel« (13645)
»Der kleine Drache Kokosnuss und das Vampir-Abenteuer« (13702)
»Der kleine Drache Kokosnuss und das Geheimnis der Mumie« (13703)
»Der kleine Drache Kokosnuss und die starken Wikinger« (13704)
»Der kleine Drache Kokosnuss und seine Abenteuer« (13075)
»Der kleine Drache Kokosnuss – Meine Schulfreunde« (13548)
»Der kleine Drache Kokosnuss auf der Suche nach Atlantis« (15280)
»Der kleine Drache Kokosnuss bei den Indianern« (15281)
»Der kleine Drache Kokosnuss im Weltraum« (15283)
»Der kleine Drache Kokosnuss reist in die Steinzeit« (15282)
»Der kleine Drache Kokosnuss – Schulausflug ins Abenteuer« (15657)
»Der kleine Drache Kokosnuss – Einmal um die ganze Welt« (15639)
»Der kleine Drache Kokosnuss – Die Mutprobe« (15642)
»Der kleine Drache Kokosnuss bei den Dinosauriern« (15660)

Ingo Siegner

Der kleine Drache Kokosnuss feiert Weihnachten

cbj

cbj

ist der Kinder- und Jugendbuchverlag
in der Verlagsgruppe Random House

MIX
Papier aus verantwortungsvollen Quellen
FSC® C005833
FSC
www.fsc.org

Verlagsgruppe Random House FSC® N001967
Das für dieses Buch verwendete FSC®-zertifizierte Papier
Profibulk von Sappi, liefert IGEPA

6. Auflage
Neuausgabe cbj Taschenbuch November 2008
Gesetzt nach den Regeln der Rechtschreibreform

Umschlagbild und Innenillustrationen: Ingo Siegner
Umschlaggestaltung: Basic-Book-Design, Karl Müller-Bussdorf
MI · Herstellung: ReD
Satz und Reproduktion: Lorenz & Zeller, Inning a. A.
Druck und Bindung: Těšínská tiskárna, a. s., Český Těšín
ISBN 978-3-570-21958-4
Printed in the Czech Republic

www.cbj-verlag.de
www.drache-kokosnuss.de

Inhalt

Die Dracheninsel

Himmels-
kratzer
Drachen-
bucht

Kokosnuss ist ein kleiner Feuerdrache.
Wie jeder Feuerdrache hat er Flügel, aber zum Fliegen ist er noch zu klein. Dafür kann er schon gut Feuer speien. Außerdem ist Kokosnuss ziemlich schlau, sehr mutig und sehr neugierig. Und wer schlau ist und mutig und neugierig, der erlebt eine Menge Abenteuer.

Matilda ist ein Stachelschwein und wohnt im Großen Dschungel der Dracheninsel. Kokosnuss hat sie einmal vor der gefährlichen Würgeschlange gerettet und seitdem sind die beiden die besten Freunde.

Die Dracheninsel liegt ganz versteckt mitten in den Weltmeeren. Kein Mensch hat sie je gesehen, außer vielleicht ein paar Piraten. Auf der Dracheninsel wohnen Feuerdrachen, Fressdrachen und viele andere Lebewesen, die es sonst nirgendwo auf der Welt gibt.

Seltsame Vögel

Eigentlich schneit es auf der Dracheninsel nur ganz selten, doch in diesem Winter fallen viele Tage lang große Schneeflocken auf die Insel herab. Bald liegt sie unter einer dicken Schneedecke.

Kokosnuss' Eltern sind wie die anderen erwachsenen Flugdrachen in die warme südliche Südsee geflogen. Die jungen Flugdrachen, die noch nicht fliegen können, und die alten, deren Flügel zu lahm geworden sind, bleiben auf der Insel zurück. Kokosnuss und Matilda haben zusammen mit Opa Jörgen am Strand einen Schneedrachen gebaut. Es ist ein besonderer Schneedrache, denn er hat oben auf seinem Kopf einen richtigen Ausguck. Diesen Ausguck erreicht man über eine Schneetreppe auf dem Rücken des Drachen. Von hier oben können Kokosnuss und Matilda den ganzen Strand und das Meer überblicken.

Gerade schaut Matilda mit dem Fernrohr über das Wasser. Plötzlich stutzt sie. »Da schwimmt eine Eisscholle mit so komischen schwarz-weißen Vögeln darauf. Die kommt direkt auf die Dracheninsel zu«, sagt das kleine Stachelschwein.

Kokosnuss grinst. »Schwarz-weiße Vögel auf einer Eisscholle! So ein Blödsinn!«

»Guck doch selber!«, entgegnet Matilda beleidigt und drückt dem kleinen Drachen das Fernrohr in die Hand.

Kokosnuss schaut hindurch und staunt. »Ich glaub's ja nicht! Eine Eisscholle mit schwarz-weißen Vögeln drauf!«

»Was du nicht sagst!«

»Komm, Matilda, wir laufen hin und heißen die seltsamen Vögel willkommen!«, ruft Kokosnuss aufgeregt und rennt los. Atemlos hoppelt das Stachelschwein hinterher. »Kokosnuss, wir sollten vorsichtig sein! Wer weiß, vielleicht können die zaubern oder so was.«

»Ach was, durch das Fernrohr sahen die eher so aus, als seien sie irgendwo verloren gegangen«, meint der kleine Drache.

Eben erreichen Kokosnuss und Matilda das Wasser, als die Eisscholle angespült wird.
»Heda!«, ruft Kokosnuss. »Herzlich willkommen auf der Dracheninsel!« Und wie es sich für einen anständigen Feuerdrachen gehört, stößt er zum Gruß einen kräftigen Feuerstrahl in die Luft.
»Uaahh!«, kreischen die seltsamen schwarz-weißen Vögel und hüpfen in wilder Panik ins Wasser. Nach einer Weile tauchen sie in sicherer Entfernung wieder auf und starren Kokosnuss ängstlich an.
Der steht verdutzt am Strand. Hinter ihm lugt vorsichtig Matilda hervor.
»Was ist denn mit denen los?«, fragt Kokosnuss.
»Guck mal, wie die gucken!«, sagt Matilda. »Ich glaube, die haben Angst vor uns.«
»Meinst du?«, sagt Kokosnuss.

»Heda, ihr zwei, ihr braucht keine Angst vor uns zu haben!«, ruft Matilda. »Ich bin Matilda das Stachelschwein und das ist mein Freund Kokosnuss der Feuerdrache. Wir tun keiner Fliege etwas zuleide. Ehrenwort!«
»Ehrenwort?«, fragt der größere von den beiden Vögeln.
»Großes Drachenehrenwort!«, antwortet Kokosnuss.
»Großes Stachelschweinehrenwort!«, ruft Matilda.
Da kommen die zwei seltsamen Vögel langsam näher.
»Was seid ihr denn für Vögel?«, fragt Kokosnuss.
»Wir sind Pinguine und kommen vom Südpol«, sagt der kleinere Vogel.
»Das ist Pelle und ich heiße Greta«, sagt der größere Vogel.
»Wir sind auf der kleinen Eisscholle abgetrieben worden und wollen zum Südpol zurück. Kennt ihr den Weg dorthin?«
»Südpol? Nie gehört«, sagt Matilda.
»Nie gehört«, sagt auch Kokosnuss. »Ihr seid doch Vögel. Warum fliegt ihr denn nicht einfach zum Südpol?«
»Wir Pinguine sind zwar Vögel, aber wir können leider nicht fliegen. Doch dafür können wir besser schwimmen und tauchen als jeder andere Vogel überhaupt. Nur ist der Südpol leider zu weit entfernt, um dorthin zu schwimmen.«
Da sieht Kokosnuss, wie dem kleinen Pinguin Pelle eine Träne über den Schnabel kullert. Und weil es schon dunkel wird und ein frostiger Nachtwind aufkommt, sagt er: »Wisst ihr was? Was haltet ihr davon, wenn wir zu Opa Jörgen in die warme Höhle hinaufgehen und ihn fragen? Vielleicht weiß er ja, wo der Südpol ist.«
»Ist Opa Jörgen ein Drache oder ein Stachelschwein?«, fragt der kleine Pelle.

»Hihi«, kichert Matilda. »Opa Jörgen ist doch kein Stachelschwein.«
»Opa Jörgen ist mein Großvater«, erklärt Kokosnuss. »Er ist ziemlich groß, aber ihr braucht keine Angst vor ihm zu haben, denn er ist der allerliebste Opa auf der Welt!«
So machen sich Kokosnuss und Matilda mit den beiden Pinguinen auf den Weg zu den Drachenhöhlen.

Ein Yeminee?

In Opa Jörgens Höhle prasselt ein großes Lagerfeuer. Kokosnuss, Matilda und die Pinguine haben es sich am Feuer gemütlich gemacht. Es gibt heiße Kokosmilch mit Honig und warmen Kokoskuchen von Oma Aurelia. Draußen ist es jetzt dunkel und der kalte Wind wirbelt dicke Schneeflocken durch die Nacht. Opa Jörgen schaut zum Höhlenfenster hinaus.
»Das sieht nach einem Schneesturm aus«, sagt er.
Die Pinguine betrachten staunend den alten Drachen. So ein riesiges Lebewesen haben sie noch nie gesehen.
Auch Opa Jörgen schaut neugierig auf die Pinguine herab. Er ist zwar schon sehr alt, aber solch seltsame Vögel sind ihm noch nie begegnet.
»Hm«, murmelt er. »Mir fällt auch niemand ein, der weiß, wie man zum Südpol kommt. Hm, außer vielleicht…«
»Außer wer?«, fragt Kokosnuss.
»Außer wer?«, fragt auch Matilda.
»Nun«, erklärt Opa Jörgen, »oben im Ewigen Schnee der Himmelskratzer soll ein Wesen leben, von dem die Drachen sagen, dass es mehr weiß als der weiseste Drache und die weiseste Eule.«
»Was ist das für ein Wesen?«, fragt Kokosnuss.
»Das Yeminee«, antwortet Opa Jörgen.
»Das was?«, fragen Kokosnuss, Matilda und die Pinguine wie aus einem Mund.

»Das Yeminee«, wiederholt Opa Jörgen. »Es wird erzählt, das Yeminee sei vor sehr langer Zeit aus einer Schneewolke gefallen und lebe seitdem oben in den Himmelskratzern, dort, wo immer Schnee liegt.«
»Wie sieht denn das Yeminee aus?«, fragt Kokosnuss.
»Man erzählt sich, dass seine Füße so groß und so platt sind wie Riesenpfannkuchen. Fell hat es sowieso überhaupt keins. Nur ein paar Haare auf dem Kopf und einen kleinen Ziegenbart. Und seine knubbelige Nase ist ganz grün oder gelb oder blau oder rot.«
»Grün oder gelb oder blau oder rot? Wie geht das denn?«, fragt Matilda.
»Je nachdem was es gerade für eine Laune hat. Seine Nase ist grün, wenn sich das Yeminee ärgert, gelb ist sie, wenn es gut gelaunt ist, blau, wenn es einen Riesenhunger hat, und rot, wenn es neugierig ist«, antwortet Opa Jörgen.
»Und wenn es Durst hat?«, fragt Matilda.
»Dann wird seine Nase durchsichtig. Aber es hat nie richtig Durst, denn es kann ja dauernd Schnee essen, und Schnee ist wie Wasser.«
»Und wenn es Angst hat?«, fragt Matilda.
»Das Yeminee hat nie Angst«, antwortet Opa Jörgen.
»Niemals?«
»Nein, das Yeminee weiß gar nicht, was Angst ist. Außerdem ist das Yeminee urururuнего, älter als der älteste Baum auf der ganzen Welt.«

Kokosnuss, Matilda und die Pinguine hören Opa Jörgen gespannt zu. Der alte Drache erzählt, bis der letzte Tropfen Kokosmilch ausgetrunken und der letzte Krümel von Oma Aurelias Kuchen aufgegessen ist.
Dann wird es still in der Höhle. Manchmal knackt ein Stück Holz im Feuer oder es pfeift draußen der Nachtwind.
Nach einer Weile sagt Kokosnuss: »Wisst ihr was? Morgen gehen wir zu den Himmelskratzern und suchen das Yeminee!«
»Au ja!«, ruft Matilda. »Wir machen eine richtige Expition!«
»Das heißt Ex-pe-di-tion«, verbessert Kokosnuss.
Und so beschließen die vier, am nächsten Morgen in die Berge aufzubrechen. Doch vorher wird geschlafen, um genug Kräfte zu sammeln. Eine Expedition in die Himmelskratzer ist nämlich keine Kleinigkeit.

Gefährliche Begegnung im Schnee

In aller Frühe holen Kokosnuss und Matilda alles, was man für eine Expedition in den Ewigen Schnee braucht: einen kleinen Drachenschlitten, Schneeschuhe, vier Paar Schier, Spitzhacken, ein paar warme Decken, genug Proviant, eine Sturmlampe und mehrere Seile zum Klettern, denn schließlich geht es in die Berge.

Mit dem Schlitten kommen die vier Abenteurer schnell voran. Schon bald erreichen sie die Große Ebene vor den Himmelskratzern. Auf der Ebene liegt der Schnee so hoch wie zwei kleine Drachen.

»Wie sollen wir denn da durchkommen?«, fragt Matilda.

Kokosnuss grinst. »Na, buddeln!«, sagt er und stürzt sich in die Schneemassen.

»Buddeln?«, fragt Matilda ungläubig. »Einfach so?«

»Einfach so«, antwortet Kokosnuss und beginnt, sich mit seinen Drachenkrallen durch den Schnee zu graben. Greta und der kleine Pelle benutzen ihre Schnäbel wie Spitzhacken und jetzt macht auch Matilda mit. Fleißig schaufelt sie mit ihren Pfoten den Schnee beiseite.

Nach kurzer Zeit haben sie einen tiefen Tunnel in den Schnee gegraben. Buddeln ist viel anstrengender, als man denkt, und bald plumpsen die vier Freunde erschöpft in den Schnee.

»Puh, so geht's nicht weiter«, japst Kokosnuss.

»Kein Stück mehr«, sagt Matilda, aber da fällt ihr etwas ein: »Sag mal, du bist doch ein Feuerdrache, oder nicht?«

Was für eine Frage, denkt Kokosnuss. »Natürlich!«, sagt er. »Und was für einer!«

»Na, dann leg mal los!«, sagt Matilda.

Loslegen? Womit denn? Aber plötzlich geht Kokosnuss ein Licht auf, und er versteht, was Matilda meint. Dass er nicht selber darauf gekommen ist!
Der kleine Drache holt tief Luft und speit einen gezielten Feuerstrahl auf den Schnee. Und der schmilzt im Nu zusammen.
»Ha, so geht's! Super Idee, Matilda!«, ruft Kokosnuss und speit fleißig weiter. Immer weiter und weiter und tiefer und tiefer geht es in den Schnee hinein, bis plötzlich das Feuer immer kleiner und ihre Schritte immer kürzer werden.
»Ich glaube, meine Feuerkraft lässt nach«, sagt Kokosnuss.
»Geht's nicht noch ein bisschen?«, fragt Greta.
Kokosnuss strengt sich an, aber bald kommt nicht mal mehr ein winziges Fünkchen aus seinem Drachenmaul. Erschöpft setzt sich der kleine Feuerdrache in den Schnee.

»Und was jetzt?«, fragt Matilda.
»Weiß auch nicht«, antwortet Kokosnuss. »Das dauert bestimmt noch eine ganze Weile, bis ich wieder Feuerkraft habe.«
Jetzt ist es ganz dunkel um sie herum, denn bis in den Schneetunnel reicht die Sonne nicht hinein.
Plötzlich hört Kokosnuss sein Drachenherz pochen. BUM, BUM, BUM macht es. Das Pochen wird immer lauter und auf einmal bebt die Erde.
Nanu, ist das immer noch mein Herz, das da pocht?, denkt Kokosnuss erstaunt. Auch Matilda und die Pinguine hören das dumpfe BUM, BUM, BUM.
»Was ist das denn?« Matilda rückt ganz dicht an Kokosnuss heran.
»Oh, ich fürchte, das ist kein gutes Zeichen«, antwortet der kleine Drache.
Wieder macht es BUM und die Erde zittert und bebt ganz in ihrer Nähe.
»Ohgottogott!«, rufen die Pinguine und verstecken sich hinter Kokosnuss.
»Was meinst du damit – kein gutes Zeichen?«, fragt Greta zitternd.
»Na ja, äh«, sagt Kokosnuss. »Wahrscheinlich handelt es sich hier um einen ausgewachsenen Fressdrachen. Nur ein Fressdrache würde so alleine durch die Große Ebene stapfen.«
»Oh nein, bitte nicht!«, ruft Matilda und springt auf Kokosnuss' Arm.
In diesem Moment bricht ein riesiger Drachenfuß direkt neben ihnen durch den Schnee und ein mächtiges Drachenmaul nähert sich langsam schnüffelnd.

Zitternd drücken sich die Pinguine ganz fest an den kleinen Feuerdrachen. Jetzt spüren sie den stinkenden Atem des Fressdrachen.
»Na, was haben wir denn da?«, dröhnt der große Drache.
»Vier kleine Leckerbissen. Und das mitten in diesem widerlichen Schnee. Da hab ich aber Glück!«
Kokosnuss blickt den Fressdrachen entschlossen mit blitzenden Augen an. »Wenn du auch nur noch ein winziges Stück näher kommst, dann verbrenn ich dir die Schnauze!«
Da hebt Matilda den Kopf. »Aber du kannst doch gar nicht...«

»Schscht!«, zischt Kokosnuss und gibt Matilda einen Stoß. »Also, du Riesen-Untier, was ist? Schnauze verbrennen oder lieber nicht?«

Der Fressdrache weicht ein Stück zurück und verzieht widerwillig das Maul. »Ein Feuerdrache, wie unangenehm!«, sagt er.
»Ja, genau! Und du bringst uns jetzt ganz schnell zu den Himmelskratzern«, ruft Kokosnuss und richtet dabei drohend sein Maul auf den Fuß des Fressdrachen.
»Okay, okay! Springt schon auf!«, sagt der Fressdrache zerknirscht.
Kokosnuss, Matilda und die beiden Pinguine klettern samt Schlitten und Ausrüstung auf den Rücken des großen Drachen.
»So, hü-hott!«, ruft Kokosnuss. »Auf geht's zu den Himmelskratzern!«
Schnaubend stapft der Fressdrache los. Der tiefe Schnee reicht ihm gerade mal bis zu den Knien und es geht sehr schnell voran.
»Das war aber ganz schön riskant!«, flüstert Matilda. »Du hast doch gar keine Feuerkraft mehr.«
»Na und«, sagt Kokosnuss. »Das weiß doch der Fressdrache nicht. Opa Jörgen sagt immer, auf zwei Dinge im Leben kannst du dich verlassen: Erstens, Fressdrachen haben mächtige Angst vor Feuer. Zweitens, Fressdrachen sind ein bisschen dämlich. Und wenn du nur einen Funken Verstand hast, dann passiert dir nichts.«
Sehr beruhigend, denkt Matilda und schaut mit Unbehagen auf die langen, spitzen Zähne, die aus dem Maul des Fressdrachen ragen.

Bald sind sie am Ziel. Der Fressdrache lässt die vier genau unterhalb der Himmelskratzer absteigen. Dann verzieht er sich schnell wieder dorthin, wo er hergekommen war.

Die Gletscherspalte

Die Himmelskratzer heißen Himmelskratzer, weil sie so hoch sind, dass sie am Himmel kratzen. Manche von ihnen sind nur selten zu sehen, denn sie sind von Wolken umhüllt. Die vier Abenteurer seilen sich an, damit keiner von ihnen im Schnee verloren geht. Dann ziehen sie in das mächtige Gebirge. Mit ihren Schneeschuhen wandern sie weite Schneehänge hinauf und mit den Spitzhacken klettern sie an steilen Felswänden empor. In der Nacht graben sie sich eine Schneehöhle und wickeln sich in die Schlafdecken ein. Im Nu sind sie eingeschlafen, denn das Wandern in den Bergen ist sehr anstrengend.

Am zweiten Tag erreichen die vier das Tal des Ewigen Schnees. Hier ist es ganz still. So still, wie Kokosnuss und Matilda es noch nie zuvor in ihrem Leben gehört haben.

»Hier ist es fast so schön wie bei uns am Südpol«, flüstert Greta.

Sie ziehen eine ganze Weile durch das Tal, aber vom Yeminee ist nichts zu sehen, nicht einmal eine winzige Spur. Kokosnuss kommt es vor, als wäre es jetzt noch viel stiller als vorhin.

Da hört er plötzlich einen Schrei und wird im selben Moment von dem Seil nach vorn gerissen. Matilda ist abgestürzt!, durchfährt es den kleinen Drachen. Und dann sieht Kokosnuss, wie auch der kleine Pelle im Schnee verschwindet. »Greta! Du musst dich im Schnee festhalten!«, ruft er.

Aber Greta hat keine Krallen und wird mit in die Tiefe gezogen. Kokosnuss dreht sich blitzschnell um und drückt seine Drachenkrallen, so fest er kann, in den Schnee. Nur ganz knapp vor dem Abgrund, in den die anderen hineingestürzt sind, hält der kleine Drache an. Puh!
»Hallo! Lebt ihr noch?«, ruft er.
»Das schon«, hört er Matilda von ganz weit unten rufen, »aber sehr lustig ist es hier nicht.«

Da hört Kokosnuss plötzlich ein nahes KRITSCHKRÖTSCH. Wieder KRITSCHKRÖTSCH, als marschiere jemand durch den Schnee. KRITSCHKRÖTSCH, jetzt ganz nah!
»Guten Tag. Kann ich helfen?«

Kokosnuss traut seinen Augen nicht. Dort steht, genau vor ihm, ein seltsames gelbes Wesen. Es trägt eine Mütze und steckt in einer blauen Latzhose. Seine Füße sind so groß und platt wie Riesenpfannkuchen und seine knubbelige Nase ist so rot wie Himbeereis.

»Ja, ähem, könntest du mithelfen, meine Freunde wieder aus dem Abgrund zu ziehen?«, fragt Kokosnuss.

»Nichts leichter als das«, sagt das seltsame Wesen. Es nimmt das Seil, dreht sich um und marschiert einfach los. Mit kräftigen Schritten zieht es nicht nur die Pinguine und Matilda wieder hinauf, sondern auch den verblüfften Kokosnuss hinter sich her.

Potzblitz!, denkt Kokosnuss. So klein und so stark!

»Da habt ihr aber großes Glück gehabt«, sagt das kleine Wesen. »Das ist eine Gletscherspalte, und zwar eine sehr tiefe. Wenn ihr alle vier dort hineingepurzelt wärt, dann wäre es um euch geschehen gewesen.«

»Bist du das Yeminee?«, fragt Matilda.

»Allerdings«, sagt das Yeminee. »Und wer seid ihr und was macht ihr hier?«

Kokosnuss, Matilda, Greta und der kleine Pelle stellen sich höflich vor und berichten, dass sie den weiten Weg in das Tal des Ewigen Schnees unternommen haben, um zu erfahren, wie es zum Südpol geht.

»Zum Südpol?«, fragt das Yeminee und kratzt sich an seinem kleinen Ziegenbart. »Tut mir Leid, den Weg zum Südpol kenne ich nicht. Aber ich kenne einen, der den Weg bestimmt kennt.«

»Und wer ist das?«, fragt Kokosnuss.

»Der Weihnachtsmann«, sagt das Yeminee.

»Du kennst den Weihnachtsmann?!«, rufen Greta und Pelle ungläubig.

»Natürlich! Ich bin doch ein Yeminee, und wie jeder weiß, arbeiten wir Yeminees beim Weihnachtsmann.«

»Weihnachtsmann? Wer soll denn das sein?«, fragt Kokosnuss.

»Ist das ein Pirat?«, will Matilda wissen.

»Oder ein Zauberer?«, fragt Kokosnuss.

»Hihihi«, lacht der kleine Pelle. »Der Weihnachtsmann ist doch kein Pirat!«

»Und er ist auch kein Zauberer«, fügt Greta hinzu. »Feiert ihr denn gar kein Weihnachten auf der Dracheninsel?«

»Weihnachten?«, sagt Kokosnuss. »Nie gehört.«

»Dann kommt der Weihnachtsmann und bringt Geschenke!«, ruft Pelle.

»Geschenke?«, fragt Matilda.
»Ja, sicher«, sagt Greta. »Kommt der Weihnachtsmann denn gar nicht zu euch?«
»Nicht dass ich wüsste«, antwortet Kokosnuss.

Greta erzählt vom Heiligen Abend

In jedem Winter wird in vielen Ländern der Erde das Weihnachtsfest gefeiert. Es ist das allerschönste Fest im ganzen Jahr. Weihnachten ist nämlich der Geburtstag vom Jesuskind und das Jesuskind ist ein ganz besonderes Kind. Es wurde in der Heiligen Nacht geboren.«

»In der Heiligen Nacht?«, fragt Kokosnuss.

»Ja, Maria und Josef, die Eltern vom Jesuskind, waren auf einer langen Wanderschaft, als es zur Welt kam. Sie fanden keine Unterkunft für die Nacht und am Ende wurde der kleine Jesus in einem Stall geboren und in eine Krippe gelegt anstatt in ein richtiges Bett. Aber es war trotzdem sehr schön, denn ein großer Stern zog über den Nachthimmel und die Hirten kamen mit ihren Schafen vom Feld und sangen dem Kind ihre schönsten Hirtenlieder. Es kamen sogar drei Könige aus dem Morgenland und brachten Geschenke in den Stall, denn sie hatten gehört, dass das kleine Jesuskind einmal selber ein großer König werden würde. Aber nicht so ein König, wie ihr jetzt denkt, mit einer Krone und mit einem Soldatenheer, sondern ein König der Liebe. Und so geschah es dann auch und seitdem wird Weihnachten gefeiert, das Fest der Liebe.«

»Und die Geschenke bringt der Weihnachtsmann?«, fragt Matilda.

»Genau!«, ruft der kleine Pelle.

Matilda überlegt. »Können wir denn auch Weihnachten feiern?«

»Hm, das kann ich euch nicht sagen«, antwortet Greta. »Diese Frage kann euch nur der Weihnachtsmann beantworten.«
»Aber der war noch nie hier!«, sagt Kokosnuss empört. »Nicht ein einziges Mal!«
»Unverschämtheit!«, ruft Matilda.
»Vielleicht weiß der Weihnachtsmann gar nicht, dass es eine Dracheninsel gibt«, sagt Greta. »Wir Pinguine wussten das ja auch nicht.«
»Dann sollte er es aber schleunigst erfahren«, sagt Kokosnuss und wendet sich an das Yeminee. »Kannst du uns zum Weihnachtsmann bringen?«
»Das würde ich sehr gern tun«, antwortet das Yeminee. »Aber leider kann mein Fesselballon nicht fliegen.«
»Fesselballon?«, rufen Kokosnuss, Matilda und die beiden Pinguine.

Da erzählt das Yeminee, wie es vor ungefähr hundert Jahren aus Versehen aus dem fliegenden Weihnachtsschlitten gefallen war und auf dieser Insel gelandet ist. »Als ich die hübschen Berge hier sah, da dachte ich: Oh wie schön, hier bleibe ich für einen Kurzurlaub.«
»Aber hundert Jahre sind doch kein Kurzurlaub«, sagt Kokosnuss.
»Findest du?«, entgegnet das Yeminee. »Für uns Yeminees sind hundert Jahre sehr kurz, müsst ihr wissen. So kurz wie für euch vielleicht ein kurzer Winter. Aber jetzt ist es Zeit zurückzukehren, und dafür habe ich mir einen Fesselballon gebaut, der mit Feuer angetrieben wird. Aber der Ofen und das Holz sind viel zu schwer. Der Ballon hebt einfach nicht ab«, jammert es.

»Du brauchst also Feuer, damit dein Ballon fliegt?«, fragt Kokosnuss.
»Ja, damit die Luft im Ballon heiß wird, denn heiße Luft bringt den Ballon zum Fliegen«, sagt das Yeminee.
»Na, dann bring uns zu deinem Ballon! Es wird uns schon etwas einfallen«, sagt Kokosnuss, und er weiß auch schon, wie er den Ballon zum Fliegen bringen will. Aber das verrät er nicht.

Ein Ballon hebt ab

Das Yeminee führt die vier Freunde zu einem kleinen Boot, an dem ein riesiger Ballon befestigt ist. Der Ballon liegt ganz schlaff im Schnee.

»Woher hast du denn das Boot und das viele Tuch für den Ballon?«, fragt Kokosnuss.

»Och, das habe ich letztes Jahr in der Himmelskratzer-Bucht gefunden. Ich glaube, das gehörte einmal zu einem Piratenschiff«, antwortet das Yeminee.

»Den Ofen und das Holz brauchen wir schon mal nicht«, sagt Kokosnuss.

»Aber ohne Feuer fliegt doch der Ballon gar nicht!«, protestiert das Yeminee.

»Das Feuer lass mal meine Sorge sein. Alles einsteigen!«, ruft der kleine Drache und beginnt, vorsichtig Feuer in den Ballon hineinzuspeien.

»Du bist ja ein Feuerdrache!«, staunt das Yeminee.

Die Luft im Ballon wird warm. Bald bläht er sich auf, bis er prall gefüllt ist mit heißer Luft.
»Es geht los!«, ruft Matilda.
Noch ein letzter Feuerstoß. Der Ballon hebt vom Boden ab und mit ihm die fünf kleinen Abenteurer.
»Festhalten!«, ruft das Yeminee.
»Huhuuu! Wir fliegen!«, ruft der kleine Pelle.
Der Ballon steigt hoch und höher.
»Achtung – die Bergspitze!«, schreit Greta.
Ganz knapp fliegt das Boot am Gipfel des höchsten Himmelskratzers vorbei. Puh, das ist noch mal gut gegangen!
»Wozu brauchst du denn das Fass mit dem Sand?«, fragt Matilda und deutet auf ein Fass, das an der Seite des Bootes angebracht ist.

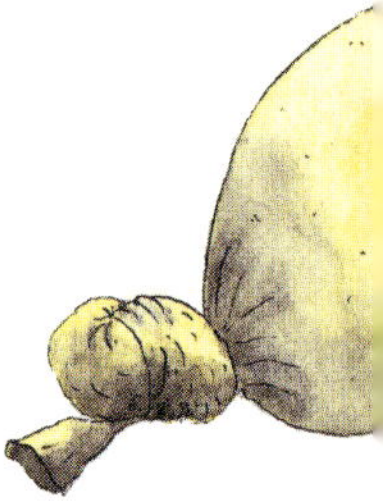

»Wenn ich mit der Schaufel Sand abwerfe, dann steigen wir höher, denn mit weniger Sand sind wir leichter«, erklärt das Yeminee. »Aber Kokosnuss muss trotzdem von Zeit zu Zeit Feuer speien, damit die Luft im Ballon schön warm bleibt.«
»Seht mal, das Meer!«, ruft Pelle.
Glitzernd blau liegt das große, weite Meer unter ihnen.
»Fliegen wir jetzt zum Weihnachtsmann?«, fragt Matilda.
»Ja, wir fliegen hinauf zu den Nordischen Wäldern. Dort wohnt der Weihnachtsmann«, antwortet das Yeminee.

Das Weihnachtsdorf

Nach vielen Tagen schwebt der Ballon über den Nordischen Wäldern. Wohin das Auge schaut, sind nur Bäume zu sehen.
»Bald sind wir da«, sagt das Yeminee.
Es ist ein sternenklarer Abend. Plötzlich entdecken Kokosnuss und Matilda ein paar Lichter, die durch die schneebedeckten Bäume schimmern.
»Das ist das Weihnachtsdorf«, erklärt das Yeminee aufgeregt und lässt etwas Luft aus dem Ballon, denn sie schweben jetzt über einer kleinen Lichtung. Genau der richtige Landeplatz! Sanft setzt das Boot im weichen Schnee auf. Nachdem das Yeminee den Ballon an einem Baum festgebunden hat, marschieren die fünf Abenteurer durch den Wald in Richtung Weihnachtsdorf. Es ist ganz still hier zwischen den großen, alten Bäumen. Nur das Knirschen des Schnees unter ihren Füßen ist zu hören. Auf den Ästen liegen dicke Schichten Schnee und manchmal fällt glitzernder Schneestaub von den Baumwipfeln herab. Da dringt fernes Glockenklingeln durch den Wald.
»Hört ihr? Das sind die Türglöckchen des Weihnachtsdorfes«, sagt das Yeminee.

Kurze Zeit später erreichen sie das Dorf. Kokosnuss, Matilda und die Pinguine blicken staunend die mit Schnee bedeckte Dorfstraße hinauf.

Haus
der
Yeminees

Jochanan Regenbogen
Spielzeuge
aller Art

Zu beiden Seiten der Straße stehen viele kleine Holzhäuschen. Die Dächer tragen dicke Schneedecken und jedes der Häuschen ist in einer anderen Farbe gestrichen. Die köstlichsten Gerüche liegen in der Luft: in Honig gebrannte Mandeln, frischer Lebkuchen, duftende Zuckerkrapfen, Marzipanbrote, Zimtsterne und vieles mehr.
An den Häuschen sind Schilder angebracht, auf denen »Jochanan Regenbogen, Spielzeuge aller Art« oder »Zacharias Strohhut, Feinmarzipanerie« steht. Aus vielen der Häuschen erklingen Weihnachtslieder und überall laufen seltsame kleine Wesen mit großen Hüten herum.
»Im Weihnachtsdorf wohnen Tannentrolle, Wurzelzwerge und Yeminees. Sie alle sind sehr fleißig, besonders natürlich wenn das Weihnachtsfest vor der Tür steht«, erklärt das Yeminee.
Am Dorfplatz steht ein großes Holzhaus mit mehreren Stockwerken.
»Das ist das Yemineehaus«, sagt das Yeminee stolz und führt Kokosnuss, Matilda und die Pinguine in das Haus hinein.
»Oho, Numero 24 ist aus dem Urlaub zurück!«, ruft ein Yeminee, das gerade einen kleinen Puppenwagen zusammenschraubt.
»Oho!«, rufen drei andere Yeminees, die an einem riesigen Stoffbären nähen.
»Bist du die Numero 24?«, fragt Matilda.
»Ja«, sagt das Yeminee. »Zahlen können wir uns am besten merken.«

Und dann stimmen die Yeminees ihren Weihnachts-Rap an:

»Wir – sind – die kleinen Yeminees
Helfen dem Weihnachtsmann
Bei al-lem was er nicht kann
Wir fertigen Geschenke
Pralinen und Präsente
Bauen schrauben sägen
Töpfern schneidern kleben
Teddys süße Äffchen
Zwischendurch gibt's Käffchen
Weiter geht's mit Puppenwagen
Ritterburgen Kaufmannsladen
Und noch viel mehr
Doch jetzt reicht's bitte sehr
Nun klatscht in eure Hände
Der Rap ist hier zu Ende – Yeah!«

»Und wo ist der Weihnachtsmann?«, fragt Matilda, als sie das Yemineehaus wieder verlassen.
»Siehst du den Lichtschein dort oben zwischen den Bäumen?«, sagt das Yeminee. »Dort wohnt der Weihnachtsmann.«

Beim Weihnachtsmann

Auch das Haus des Weihnachtsmannes ist aus Holz gebaut. Es steht auf einem Hügel unter einer sehr großen Tanne, die ganz und gar mit Schnee bedeckt ist. Von hier oben kann man über den ganzen Wald und über das Weihnachtsdorf schauen.
Dreimal klopft das Yeminee an die schwere Holztür. POCH, POCH, POCH. Aber im Haus regt sich nichts. Noch einmal: POCH, POCH, POCH.
Da öffnet sich endlich die Tür und ein großer, dicker Mann in einem roten Mantel erscheint. Er hat eine rote Nase und trägt einen langen weißen Bart.
Der Weihnachtsmann!, denkt Kokosnuss beeindruckt.
»Oh Yeminee! Das ist doch Numero 24!«, strahlt der Weihnachtsmann. »Dich habe ich ja eine halbe Ewigkeit nicht gesehen!«
Dann blickt er auf den kleinen Drachen, Matilda und die Pinguine. »Wen hast du denn da mitgebracht?«
»Das ist eine lange Geschichte«, antwortet das Yeminee.
»Na«, sagt der Weihnachtsmann, »dann kommt erst einmal herein. Ich mache uns eine Kanne Tannentee. Frisches Gebäck ist auch noch im Ofen.«

Im Haus des Weihnachtsmannes gibt es nur einen einzigen Raum. Darin steht alles, was er braucht: ein Ofen, ein großer

Tisch, ein paar Stühle, ein Schrank, ein Lesesofa, zwei Sessel, ein Bücherregal, eine Kommode und ein Bett.
Die Gäste machen es sich auf dem Sofa bequem und das Yeminee erzählt die ganze Geschichte von vorn bis hinten: wie es in den Ewigen Schnee der Dracheninsel gestürzt war, wie es Kokosnuss, Matilda und die Pinguine getroffen hatte und wie alle zusammen mit dem Ballon um die halbe Erde gereist sind.
»Jetzt sind wir hier. Greta und Pelle bitten dich, sie zum Südpol zurückzubringen, und Kokosnuss und Matilda wollten dich fragen, ob du am Heiligen Abend nicht auch zur Dracheninsel kommen könntest.«
»Hm, zum Südpol?«, sagt der Weihnachtsmann. »Kein Problem. Da muss ich ja sowieso hin.«
»Und zur Dracheninsel?«, fragt Kokosnuss, gespannt wie ein Flitzebogen.
»Ach ja, die Dracheninsel«, murmelt der Weihnachtsmann und sagt: »Ich weiß eigentlich gar nicht, wo die genau liegt.«
»Oh, den Weg kenne ich!«, sagt das Yeminee. »Den kann ich dir zeigen!«
Der Weihnachtsmann kramt ein Notizbuch hervor, blättert darin und fragt: »Ähem, gibt es denn auch große Drachen auf eurer Insel?«
»Und was für welche!«, ruft Matilda. »Die sind größer als der ganze Wald und gefährlich noch dazu! Fressen alles, was sich bewegt!«
Ganz unmerklich zuckt der Weihnachtsmann zusammen. Er schaut wieder in das Notizbuch, blättert hin und blättert her und schlägt dann das Notizbuch zu. »Tut mir Leid. Dieses Jahr ist ein Besuch auf eurer schönen Insel leider ganz und gar

unmöglich. Ich habe viel zu viel zu tun. Vielleicht klappt es im nächsten Jahr.«
»Aber lieber Herr Weihnachtsmann«, bittet Kokosnuss, der sehr wohl gemerkt hat, dass der Weihnachtsmann ein bisschen Angst vor den Drachen hat. »Wir Feuerdrachen sind wirklich überhaupt nicht gefährlich! Und wir würden uns so sehr über deinen Besuch freuen! Es liegt sogar Schnee auf der Dracheninsel! Und die Weihnachtsgeschichte kennen wir auch schon!«
»Die hat uns Greta erzählt!«, sagt Matilda stolz.
»Nein, nein, es geht einfach nicht«, erwidert der Weihnachtsmann und schüttelt den Kopf.
Da kullern der kleinen Matilda dicke Tränen aus den Augen.
»Oh, bitte, bitte nicht weinen! Dann werde ich selbst ganz traurig«, fleht der Weihnachtsmann.
»Kannst du denn keine Ausnahme machen?«, fragt Kokosnuss.
Da blickt der Weihnachtsmann nach oben, nimmt einen Schluck heißen Tannentee, stößt einen Seufzer aus und sagt:
»Also gut.«
»Jippie!« Kokosnuss und Matilda hüpfen vor Freude auf dem Sofa herum.
»Freut euch nicht zu früh, denn jetzt habt ihr noch viel zu tun«, sagt der Weihnachtsmann und holt das dicke Weihnachtsbuch hervor. Dort steht alles drin, was zu einem richtigen Weihnachtsfest gehört: Kekse backen, Kuchen backen, Baum schmücken, Lieder, Gedichte und Krippenspiel üben, Geschenke basteln und Wunschzettel schreiben. Den Rest des Abends verbringen Kokosnuss und Matilda damit, aus dem Buch zu lernen, so lange bis es Mitternacht ist und ihnen vor Müdigkeit die Augen zufallen.

Ein Sturm

Am nächsten Morgen erklärt das Yeminee Kokosnuss und Matilda noch einmal genau, wie sie zur Dracheninsel zurückkommen. Dann verabschieden sich die beiden vom Weihnachtsmann, vom Yeminee und von Greta und Pelle.
»Wir sehen uns am Heiligen Abend!«, ruft der Weihnachtsmann, als der Ballon auf der Lichtung abhebt.
In Windeseile geht es über die Nordischen Wälder hinweg, über Berge und Täler, Dörfer und Städte, Felder und Flüsse und schließlich über die Meere.

»Da ist sie!«, ruft Matilda am achten Tag.
In der Ferne sehen sie die Dracheninsel. Aber sie sehen noch etwas anderes.
»Oh nein!«, ruft Kokosnuss. »Ein Schneesturm!«
Doch da hat der Sturm den Ballon schon erfasst.
»Schnell, Matilda, wir müssen uns am Boot festbinden, sonst weht der Sturm uns hinaus!«
Der Ballon wird hoch hinaufgetragen, dann tief hinunter, dann hin und her gewirbelt.
»Der Ballon reißt ab! Oh nein!«, schreit Matilda. »Tu doch was, Kokosnuss! Wir stürzen ab!«
Verzweifelt versucht Kokosnuss, den Ballon am Boot festzuzurren. Doch es ist zu spät. Der Ballon reißt sich los und das Boot fällt in die Tiefe.

RUMS! macht es. Das Boot zischt ohne Ballon über eine große Schneefläche.
»Die Himmelskratzer!«, ruft Kokosnuss. »Haben wir ein Glück gehabt!«
Immer schneller rast das Boot über den Schnee, denn es geht steil bergab.
»Da sind Bäume!«, ruft Matilda.
»Abspringen!«, ruft Kokosnuss.
Im letzten Moment springen die beiden vom Boot und landen purzelnd und rutschend im weichen Schnee. Das Boot aber kracht an einen großen Baum und bricht entzwei.
Plötzlich ist es ganz still. Der Schneesturm hat sich verzogen.
»Und was jetzt?«, fragt Matilda. Ihr ist noch ganz schwindelig.
»Hm, wir haben doch noch die Schier. Die müssen beim Boot liegen. Damit kommen wir gut den Berg hinunter«, schlägt Kokosnuss vor.

Stimmt, die Schier sind unversehrt. Kokosnuss und Matilda schnallen sie an und sausen mit Schwung den Berg hinab, über die Große Ebene hinweg bis zum Rand des Großen Dschungels. Dann geht es zu Fuß weiter bis zur Drachenbucht. Ganz erschöpft kommen sie am Abend bei den Drachenhöhlen an.
»Kokosnuss, Matilda! Wo seid ihr denn so lange gewesen?«, fragen Mette und Magnus, die Eltern von Kokosnuss.
»Och, das ist eine ziemlich lange Geschichte«, antwortet Kokosnuss. »Aber warum seid ihr denn hier und nicht in der südlichen Südsee?«
»Och, dort hat es die ganze Zeit geregnet«, antwortet Magnus. »Da sind wir halt früher zurückgeflogen.«

Bald ist es so weit

Am nächsten Morgen ruft Kokosnuss alle Drachen zusammen und erzählt, was Matilda und er erlebt haben.
»Und dieser Herr Weihnachtsmann kommt uns wirklich besuchen?«, fragt Onkel Ingmar.
»Hat er versprochen«, sagt Matilda.
Und weil der Heilige Abend nicht mehr fern ist, beginnen die Drachen gleich mit den Vorbereitungen. Kokosnuss und Matilda erklären allen, was zu einem richtigen Weihnachtsfest gehört. Danach räumen alle Drachen ihre Höhlen auf und der große Höhlenvorplatz wird gefegt.

Auf dem Höhlenvorplatz soll nämlich das Fest stattfinden. Die Fluglehrerin Proselinde leitet die Krippenspielgruppe an und abends lernen die Drachen am Feuer in Opa Jörgens Höhle Weihnachtslieder. Dann werden die Wunschzettel geschrieben und mit der Möwen-Express-Post zum Weihnachtsmann geschickt.

Am Tag vor Heiligabend sammeln alle Drachen Material zum Schmücken des Festplatzes. Kokosnuss und Matilda gehen in den Dschungel, denn dort gibt es die schönsten Blätter und Blumen.

»Sieh mal, Kokosnuss, eine Orchidee!«, ruft Matilda.

»Ui, wunderschön!«

In diesem Augenblick hören sie plötzlich ein lautes Knacken hinter sich. Die beiden erstarren vor Schreck. Langsam drehen sie sich um. Da stehen zwei riesige Fressdrachen direkt vor ihnen.

Kokosnuss stellt sich mutig vor das kleine Stachelschwein. Wütend ruft er: »Was wollt ihr denn hier? Wieso schleicht ihr hier so heimlich herum?«

Die beiden Fressdrachen schauen sich an. Dann blicken sie wieder zu dem kleinen Feuerdrachen. »Ähem, wir wollten euch gar nicht fressen«, sagt der eine.

»Wir wollten euch nur mal etwas fragen«, sagt der andere.

»Und was wollt ihr fragen?«, entgegnet Kokosnuss.

Der eine der beiden Fressdrachen räuspert sich: »Ähem, wir wollten euch mal fragen, ob ihr etwas dagegen hättet, wenn… äh, also, ob es euch etwas ausmachen würde, wenn wir… äh … also … ob wir mitmachen dürften bei dem ... bei dem Weinbacken.«

»Das heißt Weihnachten«, verbessert Kokosnuss. »Ja, genau das meinen wir«, sagen die Fressdrachen. Kokosnuss und Matilda schauen sich verblüfft an. Damit haben sie nun überhaupt nicht gerechnet! Fressdrachen, die beim Weihnachtsfest mitfeiern wollen!

»Hm«, sagt Kokosnuss. »Warum nicht? Ich denke, die anderen werden nichts dagegen haben. Jedenfalls wenn ihr versprecht, niemanden zu fressen.«

»Versprochen!«, rufen die Fressdrachen glücklich.

Weihnachten!

Heute ist Heiligabend. Besser gesagt: Heute Abend ist Heiligabend, denn das Weihnachtsfest beginnt erst, wenn der Abend kommt. Den ganzen Tag über herrscht reges Treiben in der Drachenbucht: Oma Aurelia und Oma Olleminna backen mit den Drachenkindern Kekse und Kuchen, bis es überall nach Zuckerkokos und Zimtorangen duftet. Kokosnuss und Matilda bereiten einen großen Geschenkkorb für den Weihnachtsmann vor. »Er freut sich bestimmt über Geschenke. Schließlich macht er einen weiten Weg, um uns zu besuchen«, sagt Kokosnuss.

Am Nachmittag versammeln sich die Drachen auf dem Festplatz zur Generalprobe des Krippenspiels.

»Was ist denn eine Generalprobe?«, fragt Matilda.

»Das ist die letzte Probe vor der Aufführung. Bei einer Generalprobe muss alles klappen«, erklärt Proselinde. Proselinde ist die Spielleiterin, und die muss es wissen.

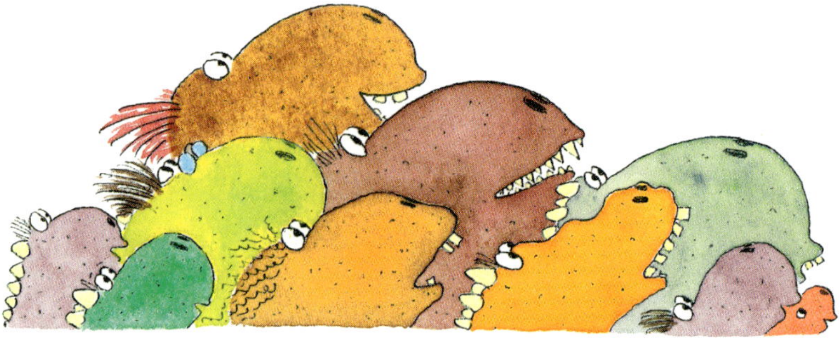

Die Generalprobe ist ein richtiger Erfolg. Sogar die Fressdrachen machen ihre Sache gut. Der eine spielt einen der Heiligen Drei Könige. Er hält ein königliches Zepter in der Hand. Der andere spielt ein Schaf. Dafür hat Proselinde extra ein Schafkostüm genäht, denn bei einem Krippenspiel dürfen der Hirte und die Schafe nicht fehlen.

Als es dunkel wird, schauen immer mehr Drachen zum Himmel hinauf, denn von dort soll der Weihnachtsmann kommen. Die Sterne funkeln heute besonders schön und ein Stern bewegt sich sogar.
»Ist das der Weihnachtsstern?«, fragt Matilda.
»Ich weiß nicht«, sagt Kokosnuss. »Sieht eher aus wie eine fliegende Laterne.«
Der fliegende Stern kommt immer näher, aber eine Laterne ist es nicht.
»Das ist er!«, ruft Kokosnuss.
Und wirklich: Es ist der Weihnachtsmann auf seinem fliegenden Schlitten, gezogen von zwei Rentieren.
»Achtung! Platz da! Wir landen!«, ruft der Weihnachtsmann.
BUFF-PARDAUZ, landen Rentiere und Schlitten polternd auf dem Festplatz.

Dann ist es plötzlich ganz still. Die Drachen blicken staunend auf den Weihnachtsmann und auf den Rentierschlitten. So etwas haben sie ja noch nie gesehen!
»Nun, äh, herzlich willkommen, lieber Herr Weihnachtsmann«, sagt Kokosnuss.
»Ja, herzlich willkommen!«, rufen auch die anderen Drachen. Der Weihnachtsmann sitzt noch immer auf seinem Schlitten und hält die Rentierzügel fest in den Händen. Ehrfürchtig sieht er zu den riesigen Drachen empor. Er hat ja noch nie echte Drachen gesehen und ein wenig mulmig ist ihm dabei schon.
»Tja, ähm«, stottert er. »Wie schön ihr alles geschmückt habt. Nun, äh, ich habe euch einen Christbaum mitgebracht und jeder Drache bekommt ein Geschenk von seinem Wunschzettel.«
Da springen die Yeminees vom Schlitten und verteilen lauter bunt eingepackte Geschenke. Auch das Yeminee Numero 24 ist dabei. Fröhlich zwinkert es Kokosnuss und Matilda zu.
Kokosnuss packt freudig sein Geschenk aus. »Eine Taschenlampe! Wow, danke, Herr Weihnachtsmann!«
»Ein Märchenbuch!«, strahlt Matilda. Das kleine Stachelschwein liebt Märchen über alles.
»Nun, äh, also dann«, sagt der Weihnachtsmann, »ich wünsche euch ein frohes Weihnachtsfest, und jetzt muss ich leider auch schon wieder los, wisst ihr, denn ich habe heute Nacht noch viel zu tun.«
»Aber Herr Weihnachtsmann, wir haben extra ein Lied auswendig gelernt!«, ruft Kokosnuss.
»Und ein Krippenspiel eingeübt!«, sagt Proselinde.
»Und ein Geschenk haben wir auch für dich!«, sagt Kokosnuss.

»Ein Geschenk?«, fragt der Weihnachtsmann verblüfft. So etwas! Das ist ihm ja noch nie passiert! »Was ist es denn?«, fragt er neugierig.
Kokosnuss und Matilda schleppen einen großen Geschenkkorb herbei.
»Alles Spezialitäten von der Dracheninsel!«, erklärt Opa Jörgen. »Kokosmilch, getrocknete Kokosraspel, gesalzene Korallenkräcker, Dschungelsalat, eingelegte Honiggurken, Kokoskuchen und eine Flasche Kokoslikör.«
»Kokoslikör?«, wiederholt der Weihnachtsmann, nimmt die Flasche und genehmigt sich ein Schlückchen. »Oho – wie köstlich!«, ruft er freudig. »So etwas Feines haben wir oben in den Nordwäldern nicht.«

So kommt es, dass der Weihnachtsmann doch noch am Weihnachtsfest der Drachen teilnimmt. Begeistert schaut er sich das Krippenspiel an. Drachen, die ein Krippenspiel aufführen – hat es so was schon gegeben?

Danach gibt es für jeden reichlich Weihnachtssuppe und für die Yeminees leckere Inselkartoffeln. Nach dem Essen singt die Drachengesangsgruppe das Drachenweihnachtslied.*

»Süßlich ziehet der Duft
Von Kokoskeks du-hurch die Luft
Honig und Sahne dazu
Weihnacht ist ba-hald juchhu!

Die Insel liegt voller Schnee
Drinnen gibt's Ko-hokostee
Wir Drachen wir stimmen mit ein
Bald kommt das Je-hesulein!

Heiligabend erwacht
Der Himmel in Ster-hernenpracht
Die Insel ist festlich geschmückt
Der Weihnachtsmann der ist entzückt!

* zur Melodie von »Leise rieselt der Schnee«

Danach gibt es frischen Kuchen und heiße Kokosmilch.

»So, jetzt muss ich aber wieder aufbrechen«, sagt der Weihnachtsmann. »Es warten noch eine ganze Menge Kinder auf mich.«
Doch bevor der Weihnachtsmann sich auf den Weg macht, dürfen Kokosnuss und Matilda eine Runde auf dem Rentierschlitten mitfliegen.

Dann heißt es Abschied nehmen. Die Drachen schauen dem Schlitten nach, bis er aussieht wie ein kleiner leuchtender Stern. Auf der Dracheninsel aber wird noch bis tief in die Nacht hinein Weihnachten gefeiert, so lange bis der große Suppenkessel leer gelöffelt und das letzte Kuchenstück aufgegessen ist. Und die Fressdrachen? Die halten sich an ihr Versprechen: Am Heiligen Abend wird niemand gefressen!

Vielen Dank an:
Yasemin Kerstin
Denise Eckhart
und:
Frauke Heithecker
Martina Kuscheck
Renate Grubert
Wolfgang Mudrak
Klaus Renner Andrea Seibert
Scribtol